홀로 견디는 이들과 책상 산책

홀로 견디는 이들과 책상 산책

안재훈 지음

읽링북스

;

책상에 앉아 홀로 견디면서
무언가를 만들어내고 있는 사람들과 나누는

'만나지 않는' 담소

어느 날부터 일기 쓰기를 멈췄다.

솔직함이 담긴 문장으로 인해
내 스스로가 싫다가도
또 그런 나를 애처롭게 만드는,

타임머신이자 거울이 없어진 것이다.

그 뒤로
마음을 들키지 않으며 남기기 위해
손글씨로 생각의 기록을 남기기 시작했다.

그렇게 긴 시간동안
여기 저기 흩어져간 그 글들이

홀로 견디며 무엇을 만들고 고민하는 이들에게 닿았을 때
답장이 왔다.

내가 하는 일들은 남에게 닿은 일이다.

관객에게 닿는 일은
단 한 번의 기회 뿐이다.

의자에서 도망가지 않아야 한다.
내 책상과 나의 주변 관계들은
자꾸만 도망치고 싶은 마음을 잡아주곤 한다.

각자의 직업으로 세상 곳곳에 크고 작은 영향을 주는 이들이
견뎌낸 결과가 나에게도 견디는 힘을 주었다.
그를 통해 만들어낸 작품이 관객에게 닿아,
그들이 개개인의 삶을 견뎌내고 있는 이야기를
들을 때면 숙연해진다.

투자를 받아 작품을 만드는 일을 하다 보니
돈의 값어치를 중요히 생각하게 된다.

그래서 언제나 관객의 시간값과 표값을 신경쓴다.

이 책은 영화표완 다른 값어치가 있으면 한다.

만나지 못해도
책 너머로 견딤을 주고받는 동무가 되었으면 한다

2022년 8월 30일

안재훈

차 례

#03 작품 속에서

#04 사람들 속에서

세상 속에서

영화관에서

 누군가에게

그 장소에 있을 때
온 마음을 다 내어준다.

그곳을 떠나오면
추억이라는 이름으로 일부러
다시 찾지 않기 때문이다.

나고 자란 고향 또한 마찬가지이다.

매번 책상이 놓인 곳,
스탭들과 작업 하는 공간이 고향이다.

영원이라는 말은 가당치도 않지만
그 장소에 있을 때는
내가 이곳에 영원히 있을 것만 같은 착각에 빠진다.

오랜만에 사진을 모은 파일을 열며
작업실이 있는 동네와
관객을 만난 공간을 떠올려본다.

#01

기억과 장소

연필 액자

1992년 9월 16일, 애니메이션을 처음 시작했던 날부터
사용했던 몽당연필을 버리지 않고 모아두었었다.
이 일을 얼마나 할지도 모르던 때라
내 땀의 흔적이라는 근사한 생각도 아니었고
직업의 역사 같은 가치에 의한 판단도 아닌
그저 버리지 않고 책상 앞 빈 통에 담아두다가 모이게 된 연필이었다.

반지하 자취방의 곰팡이 자국을 가리기 위해
나무판자를 주워다 가렸고,
그 판자에 내 그림을 붙이면
매일 화가 날 것 같아
그동안 모아둔 연필을 판자에 붙였다.
그때 연필을 붙이면서 했던 생각이 떠오른다.
종일 앉아서 본드로 붙이는데
왜 나는 본드에 환각이 안 되지? 라는 생각을 했다.

다행이다, 그때 처음 사용했던 연필을 버리지 않아서.

이화동 3층 스튜디오

일하는 자리는 일에 대한 태도가 아닐까.

꾸며서 만든 것이 아닌 쌓여서 위치를 잡게 된 공간이다.
오랜 시간에 걸쳐 쌓인 생각과 습관이 제 자리를 찾아 위치 하고 있다.

내 얼굴 사진은 싫어해도 일하는 책상 사진을 좋아한다.
마치 늙어가는 이의 주름살 같다.
작업실의 나이테들이다.

〈소중한 날의 꿈〉을 작업하며 밤마다 책상에 앉아 애니메틱을 보았다.
선택의 고민과 막연함으로 머릿속이 백지상태일 때
작업실 여기저기에 있는 메모와 편지,
그리고 손님들이 주고 간 물건들이
행간을 메꾸는데 의지가 되고 실마리가 되어주었다.

낮에도 밤처럼 일하기 위해 햇볕을 싫어하는 편이었지만
이곳은 커다란 창문으로 햇살이 가득 들어오는 작업실이었다.

이화동 4층 스튜디오

서울 성곽길 아래 이화동의 풍경이 창밖으로 보이는 자리.
작업하기도 좋고 생각하기도 좋았던 공간이다.

처음으로 작업실에 소파를 들여놓았다.

이때부터 잠시 눕는 것의 힘을 알게 되었다.
천장을 보며 생각하고 나면 다시 일어날 힘을 얻는다.

나동이와 같이 낮잠도 자고
어느 순간 작업하다 돌아보면 나동이가 곯아떨어져 있는 모습에
혼자서 하는 작업의 든든한 평화가 되었다.

고민으로 가득 찬 작화지가 이 공간 안에 있어서
다행이었다.

기억과장소

**필름 카메라로 찍은
춘천의 작업실**

기록의 의미가 아니라
"미"의 기준으로 사진을 찍었던 때라
많이 남아 있지 않아서 아쉽다.
지금은 스탭들과 함께하는 공간을
기록의 의미로 남기고 있다.

남산 재미로 스튜디오 작업실

정원이 딸린 작업실을 갖게 되리라고는 생각도 못했다.
"쉼" 이라는 단어가 "일"을 앞지를 수 있게 다짐을 준 공간이다.
나보다 오래 살아남을 나무를 심고
스탭들에게 다양한 꽃을 보여주기 위해 흙을 자주 만진다.

정원이 보이는 소파에 앉아
진심을 다해 인생을 들려준 분들에게 고맙다.

스튜디오의 첫 명판

연필로 명상하기라는 이름표를 건물에 붙였다.

스튜디오라는 이름으로 작품을 한지 십여 년 만에
간판을 처음으로 달게 되었다.

이름을 불러주시는 모든 분에게 고맙고
이 간판 아래에서 함께 하는 스탭이자 동지들에게 고맙다.
세월을 온전히 나에게 준 것을 잊지 않겠다.

_ 2017년 2월 24일

치유의 힘이있는 그림, 감동이 있는 빛깔
연필로
명상하기

애니메이션 센터 스튜디오

<소중한 날의 꿈>이 형태를 갖추어 가던 곳.

육 년여 동안 단 하루도 빠지지 않고 개근하였다.
열심, 최선이라는 말로 치장하지 않고 작품을 보아줄
관객을 위해 가슴 설레며 보낸 시간이었다.
완성에 대한 두려움으로 늘 벼랑 위에 서 있는 듯했지만
남산 위에 있다는 것은 애국가의 '소나무' 같은 느낌이었다.

이사를 가던 날 경비 아저씨가 한 말이 생각난다.
"당신 같은 사람들이 성공하지 못한다면
제대로 된 세상이 아니야."

한때 대공분실로 쓰였고 여러 괴담이 전해 내려오는
군사독재 시대의 건물에서
음식을 나누어 먹고 술 한잔을 권하고
때마다 안부를 건네며 온기를 불어넣었던
청년들에 대한 진심 어린 응원이었다.

춘천 스튜디오

〈히치콕의 어떤 하루〉와 〈순수한 기쁨〉을 만든 곳.

생각해낸 이야기를 직접 그림으로 만들기 시작한 곳인데
작업실의 풍경은 마치 은퇴한 뒤에 느껴질 법한
평온함이 묻어나는 곳이었다.
쓰레기장을 일구어 밭을 만들었고
작업 없이 하루를 보낸 적도 있다.
춘천이라는 도시에서 만난 사람들의 인상이
내가 한국 사람을 그려내는 데 자리를 잡게 한 곳이기도 하다.

이때 깨달은 것 하나는
'젊은 스탭들은 외로워도 네온사인 근처에서 외로운 게 낫구나'
라는 생각이었다.

인적 드문 산에 둘러싸인 평온한 작업실은
오히려 더 불안한 마음을 갖게 하였다.
사연이 많은 곳 가까이에 있어야 한다.

기억과 장소

신사동 작업실

TV 시리즈 작품을 쉼 없이 한 곳이자
TV 시리즈 작품을 하지 않아야겠다고 마음을 정한 곳이다.

창고가 없어서
〈히치콕의 어떤 하루〉와 〈순수한 기쁨〉의 작화지와 자료들을
버리게 되었다.
고물상 차량에 실려 가는 작품의 SC 봉투를 보며
죽음을 생각하지 않았을 때 마주 대하게 된 죽음을 보았다.

지금 내가 스탭들의 낙서 하나도 버리지 않는
이유이기도 하다.

그때 죽음을 인지했더라면
그렇게 보내지 않았을 텐데.

그러나 이 감정이 자라면서
이후 〈무녀도〉의 '모화'를 만나게 되었다.

구로동 스튜디오

생소함으로 채워진 주변의 공기.
또 다른 풍경과 그 안에 있는 사람들이
작품 속에 영향을 준 장소이다.

20대 시절,
산업화 시대의 공장단지와 한 부분의 연결고리가 있었던
기억을 끄집어내게 했다.

여러 가지 힘든 상황 속에서
나에게 만날 기회가 없을지도 모르는 "관객"을 만나기 위해
한구석에 공간을 얻고

일기들과 메모들, 그림 조각들이 포기되지 않도록
붙들고 있었다.

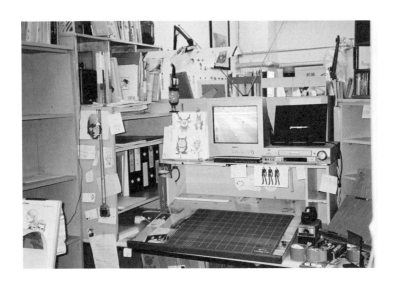

남산 도서관

독서실이 아닌 열람실에 앉아 뎃생 공부를 하였다.
커다란 창으로 들어오는 빛들이 좋았고
저렴했던 구내식당이 좋았다.

도서관의 공기와 냄새를 좋아하는 나에게
서울이 준 선물이었다.

〈소중한 날의 꿈〉 시나리오가 다른 걸음을 걸을 때마다
이곳에 와서 읽으며 생각했다.

〈소중한 날의 꿈〉의 배경인 70~80년대의 많은 자료 또한
이곳에서 찾을 수 있었다.

지금은 출퇴근으로 매일 이 앞을 지나가고
작업실에서는 걸어서도 갈 수 있는 곳이다.

근래에는 가보지 못했지만

그 안의 공기와 냄새의 기억이

오늘의 내 작업실로 연결되어 있다.

_2021년 현재

인디스페이스

내가 영화를 가장 많이 본 곳.
서울에서 관객과의 대화를 가장 많이 한 곳이다.

광화문 시절부터 종로까지
언제나 '영화를 본다는 행복'을 느끼게 해주는 곳이다.

광화문 미로스페이스 시절에는
극장 밖을 나와 교보문고까지 걸어가는 길이 좋았고

종로 시절에는
조금만 걸으면 나오는 인사동 옆길의 포장마차가 좋았다.

포장마차에 앉아
이야기를 나누었던 분들을 다시 한번 초대하고 싶다.

그때 나누었던 이야기가
사는 데 조금이라도 도움은 되었는지.

만리시장 언덕길

서울에서 춘천을 느낄 수 있는 시장.

이 골목에서 채소를 파는 할머니부터 만두가게 사장님,

그리고
내가 만든 작품 속에 등장하는 분들,
나와 인사를 나누던 분들.

모두 모두 돈 많이 버시고 오래오래 사시기를.

〈소중한 날의 꿈〉 속에서
'철수'가 다니는 이발소로 설정했었던
'성우 이용원'은 아직도 손님을 받고 있다.

학교 앞에 있으면서도 학생 손님이 하나도 없어
아쉬움을 이야기하던 사장님.

동네 목욕탕인 진영 목욕탕은 사우나와 찜질방의 시대를
견디어 내고 있다.

동네 사람들의 사는 이야기만으로도
영화 한 편을 목욕과 함께 들을 수 있었던 곳.

남산 스튜디오 앞길

〈소중한 날의 꿈〉 대사 때문인지 남산을 보면
'소풍' 가는 느낌이 든다.

길 건너 북적한 명동이 관광객의 서울이라면

큰길 건너 남산 밑은
진짜 서울에 온 것 같은 느낌이 드는 골목이다.

가게마다 사장님들과 인사를 나눌 수 있고
동네의 사연들을 듣게 된다.

그야말로 우리 또한 동네 스튜디오여서 좋다.

기억의 장소

효창 공원 벤치

반려견이었던 나나 나동이와 앉아 있던 곳.
함께 자연을 바라보고 일주일을 치유 받던 곳.
목욕탕에서 나와 책을 읽고
바람을 만나고 생각을 정리하던 곳.

사계절을 보여주는 자연 앞에서
혼자만의 시간을 가지곤 했다.
〈살아오름〉의 시놉시스를 읽었고
〈소중한 날의 꿈〉의 시나리오를 다시 곱씹어 보던 곳.

작품을 개봉하던 날에도
이 공원에서 나나, 나무와 함께 산책을 나누었다.

알고 지내던 분들의
부고를 들을 때면 계속 공원을 걸으며
그분을 생각하고 추모하였다.

국도 극장

〈소중한 날의 꿈〉을 개봉하며
첫 번째로 한국 관객과 대화를 나누고
함께 사진을 남긴 장소이다.

그 후로
〈메밀꽃 필 무렵, 운수 좋은 날, 그리고 봄봄〉과 〈소나기〉까지
연이어 관객과 만나왔다.

지금은 폐관이 아닌 휴관 중이다.

〈살아오름〉이 개봉할 무렵
다시 살아 오르기를 바란다.

〈소중한 날의 꿈〉을 스무 번 가까이 보신 관객분 덕분에
이야기를 함께 나눈 관객분들 덕분에

지금도 그려가고 있다.

매표소 주변으로 가득했던 영화의 흔적들.

이곳에서 관객과 만나온 태도로
수많은 관객과의 대화를 할 수 있었다.

안시

〈소중한 날의 꿈〉이 관객과 만나고
관객의 얼굴을 그려주기 시작한 곳.

〈살아오름〉이 첫 번째로 공개되었고
〈무녀도〉의 제작 과정이 소개되었으며
〈무녀도〉에게 수상의 기쁨을 안겨 준 장소이다.

〈소중한 날의 꿈〉 필름 북의 서문을
안시 구 시가지 골목 어느 계단에 앉아 적었고,
〈살아오름〉의 시나리오를 호수가 카페에 앉아 수정하였다.

애니메이션이라는 이름으로 가고 싶은 곳.
〈소중한 날의 꿈〉을 보고 끝까지 남아 질문을 해오던 두 소녀는
지금 어떤 어른이 되었을까?

첫날 관람 후
다음 날 동네 사람들을 모시고 왔던 할머니는 건강하실까.

안재훈 감독의 방을 소개합니다

연필깎이

일기를 쓰고 편지를 쓸 때는 글의 준비가 필요해서
생각도 할 겸 칼로 깎지만 애니메이션 작화의 생각은
빠르고 쉼 없이 해야 하기에 자동 연필깎이를 사용한다.
경쾌한 모터가 돌아가는 소리는 그림 그리는
또 다른 소리이다. 살면서 가장 많이 듣는 기계음.

카메라

20년 넘게 여행에 동행하는 카메라.
처음에는 작품의 자료사진을 찍다가
지금은 여행동무이자 작품의 빛깔을
정하는 팔레트 역할을 한다.

가방

1996년부터 함께 다니며 문구들과 책을 실어 날랐다.
국내외 관객을 만나온 가방이어서 그런지 가방으로
나를 기억해 주시는 분들도 계시다. 농담삼아 저 가방을
들고 다닐 수 있을 때까지만 애니메이션 해야지라고
말한 뒤로 신경이 쓰인다.

시계

작업실에서 울리는 똑딱거리는 소리는 생각의 음악이다.
어떤 때는 들리고 어떤 때는 들리지 않는다. 소리가 들릴 때는
작품을 한 발 떨어져 보게 되고, 소리가 들리지 않을 때는
무아지경으로 작업에 몰두하고 있을 때다.

자석

기념품이라는 것이 별로 기념이 되지 못하는 것을 알기에 들고 오지 않는데,
가장 흔한 기념품인 자석은 공항에서 마지막 미련으로 주워둔다.

타자기

〈소중한 날의 꿈〉에서 소품으로 그리기 위해
구입했던 타자기. 실제 사용이 가능해서 한동안
몇 글자씩 적고는 했다. 저 시대를 지나오신 분들은
반갑게 각자의 사연을 이야기 해주신다.

기
억
과
장
소

저는 스튜디오 책상에 앉아 글을 쓰고 그림을 그리고 딴 생각을 합니다.
휴식의 정원이기도 하고 가끔은 무덤 같기도 합니다.
그러나 이곳은 제 흔적만 배인 곳은 아닙니다.
나와 연결되었던 사람들이 준 영향과 손님들이 들려주신 이야기가 있고
관객분들이 보내주신 마음이 있습니다.
그 흔적을 따라 면벽 수행의 몇 가지를 남겨봅니다.

#02

책상에서

예열의 시간

예열의 시간을 어떻게 줄이느냐!
작업 전 빙빙 책상을 돌며
연필을 들고 첫 선을 긋기 전까지의 시간.
언제나 거기까지가 힘들다.

책상 앞에 앉으면

밖을 나가면 졸리고 아픈데
책상 앞에 앉으면 병이 낫고 정신이 또렷해지며
생각이 샘솟는다.

소용

내가 이 일을 그만두면
아껴서 쟁여 두었던 생각들이 무슨 소용 있겠어.

좋으면서도 고통스러운

생각하고 고민하고 의심하며 결정에 이르기까지
고통스러운 과정을 거치는 애니메이션 작업이 좋으면서도
그게 노력만으로 결과에 다다를 수 없으니
또 고통스럽다.

결국 앉아있는 것

앉아서 연필을 들고 그리면
결국 그려지는 것!

앉아서 펜을 들고 쓰면
결국 써지는 것!

결국 앉아 있는 것.

책상에서

다리미

스탭들의 작업물과 SC 킷 봉투, 작업에 대한 설명이 담긴 글 등을 이 다리미 아래에 고정하여 둔다.
손때가 묻어 반질반질한 다리미의 손잡이는 지금도 쓰이고 있다는 생활감이자 거장하게는
스튜디오를 거쳐 가는 모든 이들의 흔적으로 이어지기를 바라는 마음이다.

천재들의 재능을 넘어설 방법

천재들의 재능을 넘어설 방법은

그들보다 더 따스한 시선으로 세상을 보고
그들보다 성실한 태도로 사람을 대하는 것이다.

천재들이 하지 못하는,
재능이 발견하지 못하는
'시선'과 '마음'.

이것은 사람의 노력으로 할 수 있는
천재들의 재능을 이기지 않고도 빛을 낼 수 있는 방법이다.

하지만 천재적인 재능을 가진 누군가가
저 두 가지마저 모두 가지고 있다면
그냥 그를 '사랑'하자.

동시대를 살고 있다는 감동으로.

이상한 것

애니메이션을 하면서 진짜 이상한 것!
지우개와 칼과 자는 왜 자꾸 없어지는가?

정말 궁금하다.
그것들은 다 어디로 갔을까?

문구들
그때그때 집어 들 때 마다 찰나에 엄청난 생각을 한다.
어떤 기준으로 어느 때 어떤 물건을 집어 드는가?
생각을 이미지화하는 위대한 발명품.

때가 있다

기를 쓰고 해답에 이르고자 했는데
어느 순간 해결될 때,

아! 모든 것에는 때가 있구나를
깨닫는다.

그러면서도 기를 쓰고 달려든 덕분인가? 해서

또 기를 쓰고 문제와 마주 본다.

준비와 기대

남이 하는 일에는 준비를 하고
내가 하는 일에는 기대를 갖는다.

글과 그림

글을 쓰고 나면 혼이 빠져 나가는 듯 탈진이 되고
그림을 그리면 생명의 기운이 몸 안으로 들어오는 듯하다.

두 가지를 다 하고 있지만
두 가지는 늘 다르게 병과 약을 준다.

연필깎이와 마우스를 양옆에 두고 작업을 하던 때이다.
얼굴이 찍히는 것은 싫어하는데 일하는 모습을 찍어 주는 것은 좋다.

창작자가 의지하는 것

'창작자가 의지하는 것은
쌓아온 기억, 그리고 만나온 사람들이다.'

시나리오를 쓰든
그림의 연기를 하든
심지어 행인 하나를 그려 넣든
그때그때 의지할 대상은
내가 눈을 뜨고 귀를 열고 듣고 보아온 세상이고
각자의 삶을 들려준 분들 덕분이다.

〈살아오름〉에 나오는 꼭두를 만들기 위해
작업실 한켠에 공방을 만들었다.
처음에는 재미가 있었는데
이 또한 완성도에 집착 하다 보니
취미는 될 수 없겠구나 하는 생각이 들었다.
연필 냄새와는 다른 나무냄새.

아프지 마라

아프지 마라.

마지막 수정이 끝나는 날까지 아프지 마라.

모든 감각이 살아있는 상태로 최선을 다할 수 있게
아프지 마라.

제발 아프지 않게 부탁드립니다.
나의 건강에게.

과정의 행복

결과는 관객의 몫이니
우리가 들인 정성을 믿고
과정의 행복만큼은 놓치지 말자.

일의 시작

종이 위에 자유롭게 끄적거리며 논 후에
컴퓨터로 옮기며 일을 시작해라.

어떤 기분

'갑자기 발돋움하게 하는 기분이 들 때.'

어느 때
갑자기 마음에서 일어나 가슴을 두근거리게 하며
손을 뻗어 발돋움하게 하는
기분이 들 때가 있다.

어떻게 글로 적을 수 없는,

나에게서 일어날 때 나만 아는 그 기분.

책상에서

기억을 꺼내는 것

기억을 꺼내는 과정이 작업이라는 생각이 든다.
작업은 기억을 꺼내는 일의 과정인 듯하다.
그럼 기억은 어떻게 쌓이는가?

관심이다.

천재는 무의식으로 특별한 시선과 기억을 쌓아가는
사람인 경우가 많다.

내가 천재인지 확인할 수는 없으니
의식적으로 쌓아가야 한다.
그래야 꺼내 쓸 기억이 생기고
어떤 순간에는 지푸라기가 될 수 있다.

이화동 3층 작업실

〈소중한 날의 꿈〉의 관객이었던 학생분들이 만들어 준 명패와
여기저기서 눈에 띄어 스튜디오로 옮겨온 물건들을 모아두었다.
생각의 탄생을 위해 필요한, 쓸모는 없지만 쓸데가 있는 물건들.

062

이 공간은 꼭! 감독님의 머릿속 같아요!

_ 2017년 5월 25일, 김소현 감독님

책
상
에
서

바꾸다

청춘과 필름을 바꾸다.

조급함과 게으름

조급해하지는 말되
게으르지도 않게.

일 외의 모든 것들

일 외의 모든 것은 작업에 방해가 된다.
그러나 일 외의 모든 것은 작품에 도움이 된다.

그것만 생각

머리가 좋으시네요!
라는 말을 스탭들에게 덕담(?)처럼 듣는다.

그러나 늘 그것만 생각하기 때문에
해답에 좀 더 가까이 다가가는 것일 뿐이고

그동안 겪어온 시행착오가 있기에
예측 가능한 일이 늘어났기 때문이다.

작품을 만들 때

작품을 만들 때는
수없이 되풀이해서 보지만
만들고 나면 보기가 힘들다.
마치 녹음된 내 목소리를 듣는 것 같다.

책상에서

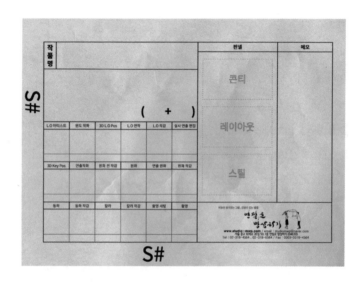

cut 봉투 / Sc 봉투

나의 직업 내내 함께하였다.

씬의 구성을 위한 작업물과 함께 그에 대한 기록과 메모들을

모두 이 봉투 안에 담아 정리하고 보관했다.

저 봉투에 무언가를 넣어두면 왠지 안심이 되고 분류가 된 듯하다.

다행이다

'다행이다, 오래 할 수 있는 일을 만나서.'

많은 것을 할 수 있는 나이를 지나
어떤 일을 할 수 있는 것만으로도 고마운 나이가 되었다.
젊은 날에는 한 치 앞도 알 수 없어 막막했다.

지금은……

지나온 날들이 다시 연기하고 싶은 배우의 지난 장면 같다.

다시 못 올 시간의 소중함.

내일 아침에 일어나는 것이 기대되었으면 하고
별 탈 없이 책상에 앉아 내 흐름대로 작업에 몰두했으면 한다.

문구와 함께 산다

'문구 생활.'

어릴 때 쓰던 문구들을
계속해서 쓸 수 있는 직업이다.

2D 애니메이션은 문구와 함께 산다.

문구가 추억 속의 물건이 아니라
나의 손때가 계속 묻어가는 게 좋다.

연필, 지우개, 원고지, 색연필, 크레파스,
자, 색종이, 싸구려 스케치북, 파스텔.

문구와 함께 살아간다.

· · •

문구들 사이에서 죽어가는 식물,
그리고 고무와 나무로 만들어진 다양한 낙관들.

이 문구들은 나를 만나서 힘들지만
그래도 사진으로 계속 모습을 남겨주는 주인이 또 어디 있을까.

069

책
상
에
서

LP 빗소리

'나의 귀에게 미안해서 뒤늦은 호강을 시켜주는 일.'

빗소리를 좋아해서 빗소리를 닮은
LP로 듣는 음악을 좋아한다.
어릴 때부터 이런 호사를 누려 잊지 못한다거나
예전 물건에 대한 추억이 아니다.

서른 즈음 LP를 처음 만날 때까지
내 귀는 이런 경험을 누려보지 못했기에 미안했다.
그래서 나에게 미안해서라도
지금 많이 들려주려고 애쓴다.

빗소리 같은 소음을,
누군가의 음악을 온전하게 전부 듣는 교감을
스튜디오에 오신 손님과 함께 듣는 것이 너무 좋다.

LP를 듣는 이유.

반복 재생이 되는 턴테이블.

작업실 안에 있어서 행복함을 주는 물건.

엄청난 위로와 독려, 그리고 채찍과 응원을 준다.

고등학교 때 살면서 꼭 한 번쯤은

만나고 싶다고 소원으로

적어 둔 기억이 있다.

가지고 있는 LP중 가장 많이 듣는

가수 중 한 명.

맑은 정신

'맑은 정신으로 사는 거다.'

어제는 글 한 줄 그림 한 장이 더 나아가지지 않아
술을 찾을 뻔했다.
잘 참고 아침을 맞았다.
가능한 맑은 정신으로 사는 거다.

PS. 술을 싫어하지 않는다. 일주일에 한 번은 꼭 마신다.

그림과 글

'그림을 그리면 기억이 남고
글을 쓰면 생각이 남는다.'

집중해서 사물을 보는 것과
사물에 대해 집중하는 것의 차이.

작업 생각

연필을 쥐고 있을 때는 작업.
연필을 놓고 있을 때는 작업 생각.

지금은 사라진 삼일대로 고가의 풍경 그림.
특별한 추억은 없지만 아직도 눈에 생생한 풍성이다.

책상에서

싫다

감각이 늙기 싫다.
젊음을 흉내 내는 것이 아닌
오래되어도 새로운 것이었으면 한다.

단체 안에서 묵묵히

집단에 있으며
공동의 목표를 묵묵히
이루어 내는 이들의 성공은
매우 중요하다.

우리 스태프들이 기필코
성공에 다다르게 하는 것이
나의 '열심, 최선'의 이유 중 하나다.

연필과 물감

'연필은 선으로 세상을 발견하고
물감은 선으로 세상을 재창조한다.'

연필은 세상의 구석구석을 뒤진다.
눈이 찾지 못하는 것을
손이 연필을 쥐고 찾아 나선다.

세상에는 원래의 색이 있다.
원래의 색을 찾고자 하는 노력과 그것을 벗어나려는 노력이
물감에 있다.

그림에 재능을 가진
한 배우님의 이름 선물.

기막힌 생각

조금 아까
무슨 기막힌 생각을 했는데
기억이 나지 않는다.

어릴 때부터 그렇게 놓친 생각들이
누군가에 가서 근사하게 태어나는 모습을 자주 본다.

노는 날

노는 날 작업하면
생각하며 일할 수 있어서 좋다.

주중에는
일하며 생각해야 한다.

일기 대신 적기 시작한 글씨 기록을 돕는 도구들.
아침에 머물을 가는 게 좋아서 했는데
이젠 기성품을 사서 쓴다.
그래도 기록을 남길 수 있어 일기와는 또 다른 정돈이 된다.

책상에서

어떤 직업은

어떤 직업은
결과에 따라
과정이 다시 쓰여진다.

작업 중 그냥 생각

움직임은 좋아지는데
그림이 허술해지는 것 같다.

필기구가 많은 이유

그때그때 잘 써지는 기분이 달라서
그때그때 맞을 만한 것들을 미리 사놓다 보니
이리되었습니다.
　　_ 필기구가 왜 이리 많냐고 묻는 질문에 대한 대답

순장이 될까,
누군가에게 계속 사용 될까.

아프다

'조그만 일상의 변화에도 작은 고민에도 몸살이 난다.'

시나리오를 쓸 때
그림을 그릴 때
원화 연출을 할 때
녹음을 할 때

거의 모든 순간
신경이 곤두서 있다.

그러다가 어떤 장면에서
어떤 생각도 나지 않을 때
결국 앓아 눕는다.

그렇게 누워서 끙끙거리듯 하다가
고민이 해결되면 거짓말처럼 상쾌하게 낫는다.

〈순수한 기쁨〉이라는 마지막 셀 애니메이션을 끝내고
사라지는 물감과 도구들.

이것을 남겨 둔 것이 두고두고 생각이 난다.
사진 기록의 위대함을 알게 된 계기.

책
상
에
서

혼나고 싶다

어린 시절 혼날 때마다
나를 혼내는 사람이 아닌
다른 사물 자체에 집중한 적이 있는데
지금 직업에 크게 도움이 되고 있다.

혼나는 순간.
눈에 들어온 것들을 집중해서 바라보는 순간,

이제까지와 전혀 다른
시각과 감정을 느낄 수 있었다.

그렇게 완벽히 집중해서 바라본 순간들.

집중이 필요할 때마다
지금도 가끔 누군가에게 혼나고 싶다.

바쁘다

'모든 일들은 의자에 앉아서 일어난다.'

정말 엄청 바쁘다.
앉아서 계속 그리고 생각해야 하니
약속이 없어도 바쁘다.

그런데 또 그리 앉아 있다가도
한없이 한가하기도 하다.

바로 생각이 안 나거나
안 그려질 때다.

이 모든 일이
작업실 안에서 반복되는 일들이다.

책
상
에
서

바람의 소리를 앉아서 듣기 위해 모았는데,
스튜디오 방에는 바람이 불지 않아 장식이 되어버렸다.

일과 맞는 습관이 있어 다행이다

작품을 할 때 내가 길들여 온 습관이
막힌 부분을 헤쳐 나가는 열쇠가 되거나
리듬을 잃을 위태한 순간에
정신이 들게 할 때,

내가 가진 평소의 습관이
중심을 잡게 한다.

작화를 할 때 사용하는 타프.
매일 매일 마주 대하는 물건 중 하나이다.
애니메이션을 하는 동안 쇠로 만들어진 저 타프들도
한 10개 정도는 교체되지 않았을까.

작업할 때 듣는 음악

작업할 때는
사연이 떠오르는 음악이 아니라
생각이 떠오르는 음악을 듣는다.

아쉬움과 후회

아쉬움은 없으나
후회가 남는 경우.
아쉬움은 있으나 후회가 없는 경우.

관객을 만나기 전까지는

관객을 만나기 전까지는
아직!
기회가 있다는 것이다.

현장을 떠나는 일

내가 자리에서 일어나는 것은

실사 영화 감독들이 현장을 떠나는 것과 같다.

_ 어떻게 매일 하루 종일 앉아 있을 수 있냐는 질문에 답하다

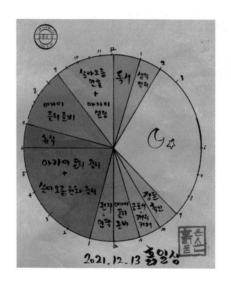

어릴 때는 그저 보여주기 위한 '할 거야'의 계획이었다면,
지금은 작업을 위한 '해야 돼'의 계획표이다.
나는 스탭들의 일정을 알 필요 없지만
스탭들은 내 일정을 알아야 자신의 리듬을 조율할 수 있기에
알려주기 위한 용도로도 사용된다.

딴생각

딴생각을 할 때 누군가 이야기할 사람이 옆에 있으면 좋겠는데
정작 딴생각을 할 때에는 온전히 혼자일 때라 이야기를 할 수가 없다.

콘티 작업
머릿속이 복잡하고 생각이 예민해짐과 동시에 책상 위는 정신없는 작업.

미련

'언젠가 이 작업실이 미련이 되겠구나.'

물욕으로 쌓아온 공간이 아닌
인연과 정, 고마움으로 꾸며진 공간.

가끔은 성철스님의 빈 공간을 꿈꾸다가도
저 마음들을 어찌 버리나 하며
차곡차곡 쌓아가고 있다.

명동 작업실 책상을 한 스탭이 그려준 그림.
그림을 그리는 자리를 그림으로 남기는 것을 좋아한다.

면벽 수행을 통해
그림이 영화로 만들어 지는 일.

그림과 음악과 소리와 움직임이
조화를 이루는 애니메이션 작업에 대하여.

#03

작품 속에서

안재훈 감독의 작품을 소개합니다

092

히치콕의 어떤 하루

1998년

순수한 기쁨

2000년

모험왕 장보고

2002년

관&운 뮤직비디오

2004년

미안하다 사랑한다 OVA

2006년

겨울연가

2009년

소중한 날의 꿈

2011년

메밀꽃, 운수 좋은 날, 그리고 봄봄

2014년

소나기

2017년

무녀도

2021년

살아오름

제작중

아가미

제작중

〈살아오름〉 작업을 하면서도
'살아오름'이라는 단어를 늘 염두에 둔다.
눈에 보이는 모든 것에서 살아 오르고 있는
것들을 발견한다.

하나의 삶을 만드는 일

애니메이션 그림은 연기자를
그림으로 만들어내는 것이다.

문제는 그 연기자가 스스로 배역을 파악해서
준비를 하는 것이 아니라

애니메이터가 시나리오에 맞게 의상을 선택하고 습관을 만들며
말투를 고민하고 걸음걸이까지 모두 만들어내야 한다는 것이다.

하나의 삶을 만드는 일이다.

좋아 하던 안경.
지금은 제주의
바다 속에 잠겨 있다.

설정을 할 때 결정의 내면

어떤 사물은
'어라? 이게 이렇게 생겼네'
알게 될 때가 있고

어떤 사물은
'맞아! 이거네'
고개를 끄덕일 때가 있다.

내 노력에 대해 알 길이 없다가 가끔씩 연필깎이 통을 비울 때
그래도 연필을 이 정도 깎았으면 뭐라도 했겠지, 라고 생각하게 된다.
긴 연필이 몽당연필이 되어가며 흘린 땀이다.

단역 캐릭터의 이름

'단역 캐릭터에도 이름을 짓는다.
그래야 그가 등장하는 장면을 그릴 때
캐릭터의 삶이 추측되어 행동이 보인다.'

그냥 세워만 둘 게 아니라면
단역 엑스트라 캐릭터의 움직임도
작화를 통해 연기를 시켜야 한다.

역할만 주면 경험 있는 단역 배우들이
상황에 맞게 움직이는 것을 애니메이터가 해야 한다.

연기를 고민할 때 도움이 되는 것이
이름을 정하는 것이다.

이름을 짓고 나면
수많은 기억 속에서 축적된
'이름에 맞는 보편화 된 행동'이 보인다.

타화상

화가 중에는 자화상을 즐겨 그려서 남긴 이들이 많다.

가장 편하게 인물을 공부할 수 있는 방법이기도 하지만

자신의 얼굴을 보며 스스로를 사랑하기 위해 애썼던 것은 아닐까, 생각해 본다.

나는 만만하게 생긴 덕분에 얼굴 그림을 되려 많이 받는다.

나를 들여다보고 그려준 그 시선과 마음에 고맙다.

한국 사람들의 연기

'내가 하는 작품에 등장하는 그림 배우의 연기는
많이 움직이고 화려하게 움직이는 인물들이 아니라
딱 한국 사람들 정도의 연기이다.'

애니메이션 연기는 배우가 없기에
감독이자 애니메이터인 내가 고민을 해야 한다.

주변을 보아 관찰하고 행동의 범위를 연구한다.
나라마다 움직임은 다르다.

움직임의 애니메이션적인 표현은
그 나라 애니메이터의 역사와 전통으로 만들어졌다.

음악가에게는 한 음절의 표절도 가혹하다.
이미 스타일이 된 것을 우리 것으로 옮겨오는 경우가 있다.

하지만 제대로 만들어내지 않을 것이라면
이 일을 하는 재미가 있을까.

작품 시나리오에 맞는 연기를 잘 해낼 수 있는 배우를
내 스스로 가지고자 한다.

장신구를 좋아하지 않는데,
사용하다 보니 계속 목에 길게된 목걸이.
어느새 넥타이처럼 되어 버렸다.

작화 설정

작화 설정을 할 때는 사람을 만들어낸다는 자세로

그리는 인간에 대한 삶을 생각하고

그 사람이 그 장소 그 시간에 입을 옷과 소품을 생각해야 합니다.

그 시나리오에 필요한 배우가 누구일지

배우를 선택하는 캐스팅 디렉터가 되어야 합니다.

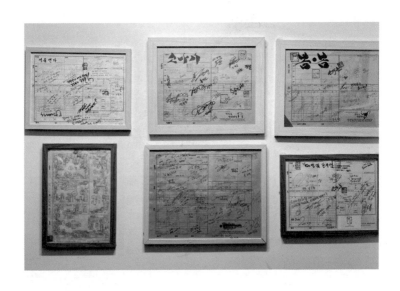

애니메이션 컷 봉투에 작업에 참여한 모두가 이름을 적어 남긴다.
스튜디오만의 소중한 관례이다. 동지들, 동무들.

원화 작업

원화 작업은 막상 하면
너무 재미있고 기분도 좋은데

하기 전에는 너무 두려워서
선뜻 연필을 들지 못한다.

'한 번 시작하면 재밌었잖아!'
라고 주문을 외워도

늘 시작할 때마다 걱정과 두려움으로
'내가 잘 해낼 수 있을까',
주저하게 된다.

원화 타이밍

인물 간의 원화 타이밍이 복잡한 씬를 한 주에는
마음을 차분하게 하며 조바심을 갖지 말고
수학 공식을 풀 듯 하나 하나 해결해 가야 한다.

한 번 성급히 선을 긋고 타이밍을 잘못 지정하면
전체가 꼬여버리기 때문이다.
차분하고 느리게 하는 것이 결국 빠르게 끝난다.

그러려고 이 글을 쓴다.

_2016년 8월의 어느 날

〈히치콕의 어떤 하루〉와 〈순수한 기쁨〉까지
필름으로 작업 했던 시절에 사용했던 편집 도구이다.
지금은 일을 잃게 된 도구.

손가락까지 연기한다

〈소중한 날의 꿈〉 작화를 할 때
손가락까지 연기의 필요성과 관객의 눈썰미를 확인하였다.

상체 움직임이 별로 없는 한국 사람들의 특성을 이해하고
그것을 해결할 수 있는 움직임의 특성들.

손가락, 중요하다.

팔꿈치 높이 이상으로 손바닥이 올라가지 않는 동작을 유지하며
손가락까지 연기하게 한다.

한 장면의 손가락을 잘 그리는 것이 아니라
연기 속의 손가락을 그리다 보면
그동안 보아온, 혹은 눈에 익은 습관이 나온다.

그것들을 계속 바로 잡으며
손가락을 제대로 그려내기 위해 애쓴다.

그동안 관객을 만나온 모든 장소에 동행한 가방.
저 가방을 사용할 수 있을 때까지만 애니메이션을 하고 싶다고 했는데
조금씩 수리해서 끝을 연장하고 있다.
오래되어서 버리지 못하는 것,
직업이 어느 시점을 지나면 이리 되는 모습과 같은 것 같다.

애니메틱 확인

작품을 하면서
끊임없이 애니메틱을 본다.

계속해서 보다 보면 그때그때의 감정, 일상 등
외부 요인에 따라 달라질 수 있는
완성 후 관객의 마음을 가늠하게 된다.

스튜디오에서만 보는 것이 아니라
애니메틱을 가지고
다양한 공간에 가서 확인한다.

집 거실에 널브러져서
카페에서
기차 안에서
비행기 안에서

국내외 호텔 안에서
시골 어느 한가로운 곳에서
도시의 공간에서 등,

다양한 곳에서 애니메틱[*]을 보며
내가 발견하지 못한 공기를 찾아내고자 한다.

과정 속에 있는 작품을 마주 대하는 일이 쉽지는 않지만

결국 이 일은 꼭 반복적으로 실행한다.

* 콘티 단계부터 시작하여 전체 영상을 만들어 가는 작품 중간 과정의 영상

스튜디오 정원에 작품 외의 시간을 들인다.
오며 가며 지내는 고양이는 자신의 집을 꾸며 주는 줄 안다.

자연물

'움직임으로 살아있음을.'

애니메이션 속의 모든 자연물은 인간이 움직여야 움직여진다.

움직이는 모든 것들은
더 끊임없이 화면에서 자기 역할 이상으로 움직이게 해야 한다.

거리의 소품

거리의 소품은 자세히 보지 않으면 눈에 안 띄면서도
자세히 보면 꼼꼼하고 감탄스럽게 (detail).

움직이지 않는 행인에 관하여

애니메이션 연출에서 홀드 연출은 중요하다.

실제의 사람은 끊임없이 움직이지만
애니메이션은 그렇게 할 수 없으니
그 홀드를 어떻게 안배하고
어느 지점 어느 자세일까를 고민한다.

실사 영화의 행인들은
가만히 있어도 숨을 쉬고 살아 있지만
그림은 그렇지 못하다.

거리의 모든 이들의 포즈를 결정하기 위해
고민하는 것이 힘들지만

서 있는 인물 한 명으로
애니메이션 작화 완성도의 기미를
눈치채게 하는 것도 재미있다.

애니메이션 연출론 "소리"

내가 작품을 할 때 중요시 여기는 것은
'소리'이다.

애니메이션 연출에서
나의 방식은
소리와 연동되어 움직임과 공간을 생각하는 것이다.

음악을 제외한 소리의 연구는
각자가 갖는 독특한 연출이라 할 수 있겠다.

들리는 소리만을 그려내는 것이 아니라
그 안에서 내 소리를 찾는다.

관객을 만나기 위해
7시간을 운전하고 다다른 남해의 한 바닷가 마을이다.
마을 회관에서 만난 어르신들과 아이들이 기억난다.
고맙습니다, 관객분들.
고맙습니다, 풍경.

비판적 대화

작품에 대해 날카로우면서도 마음이 베지 않게 하며
찾지 못했던 실머리를 건드리게 하고
품지 못했던 영혼을 깨우쳐 주는 비판적 대화는 매우 중요하다.

그럴 사람이 단 한 명이라도 있으면
완성 후 객석에 앉았을 때 느껴지는 등골의 서늘함을
조금이라도 줄일 수 있다.

여러 종류의 대화가 있다.
여러 종류의 관계가 있다.
거의 매일 하나의 장면이나 하나의 글을 써야 한다.

지금 위로가 되는 칭찬을 듣고 싶은 것도 아니고
이미 알고 있는 부질 없는 상처를 들쑤시기 위함도 아니다.

만드는 울타리를 벗어난 사람들의 시선을 듣고 싶다.

두 가지 조화

작품은

만드는 이들이
누군가의 삶과 그들의 터전을 바라본
시선과 마음이 들어 있고

실력이나 기술은
그것을 표현하기 위해 필요하다.

실력이나 기술로 경지에 이르는 작품을 목표로 하는 것이
애니메이터이다.

그 기술과 경지가
결국 시선과 마음이 된다.

작품 모니터

작품 모니터는 누군가가 엄청난 의견을 줄 것이라는 기대보다
함께 작품을 보면서
그 안의 공기와 그 사람의 찰나 반응을 통해
미묘한 지점을 발견하기 위함이다.

나는 작품을 보고 스텝분들은 나를 기록해 준다.
이렇게 사진을 남기는 행운이 어디 있을까.

만드는 이들이 궁금해지는 작품

작품을 하며 바라는 것이 많다.

노력을 조금 들이면서 요행을 바라는 것이 아니기에
그 과정을 함께 겪는 스탭들에 대해
관객에게 바라는 것 중 하나가

'만든 이들이 궁금해지는 영화'이다.

어떤 사람들이 저런 작품을 만들었을까?
그들은 어떻게 협조하고 생활하며
어떤 삶을 함께하고 있을까?

하는 생각이 드는 애니메이션을
스탭들에게 주고 싶다.

작품을 한다는 것은 마치 사랑을 하는 것과 같아요.

늘 그것만 신경이 쓰여서
다른 것을 할 때는 멍하니 있기도 하고,
무엇을 보아도 그것만
무엇을 먹어도 그것만
무엇을 들어도 그것만
누구를 만나도 그것만 생각하게 돼요.

그것으로 아프고
그것으로 기쁘고
그것으로 우울하고
그것으로 죽고 싶지만
그것으로 살고 싶어요.

작품 속에서

굳이 스쳐가는 작업 종이 한 장까지
낙관 소인을 찍지 않아도 되지만,
그럼에도 남기는 이유는 마지막 순간까지
집중하고 싶은 마음 때문이다.
그 찰나 까지도 놓친 게 없나 아쉬운 게 없나, 하는 마음을
꾹! 찍어 내기 위한 장치.

수십억 년의 지구역사 속에서
찰나처럼 동시대를 살고 있는 사람들.

작품을 보아준 사람,
함께 만든 사람,
이야기를 나눈 사람,
술 한 잔까지 나눈 사람.

먼 우주에서 보면 티끌보다 작을 존재,

그렇게 함께 살아가는 우리.

#04

사람들 속에서

사람을 기억하다

'만났던 분들을 기억하고자 애쓰고 있습니다.'

사람들이 많이 모이는 곳이나
행사에 잘 가지 못하는 이유는

오랜만에 만난 분,
한번 인사드렸던 분,
인연이 있었던 분을 잘 기억하지 못해
반갑게 인사드리지 못하는 두려움이 있기 때문입니다.

'원래 사람을 잘 기억 못 한다'와 같은
핑계가 아닙니다.

저는 뵌 분을 잊지 않으려고 노력합니다.
문제는 제가 어떤 행사에서 어떤 분과 인사를 나눌 때,
스튜디오를 나오기 직전까지 고민했던 장면이나 시나리오가
머릿속에 맴돌다가 갑자기 떠오를 때입니다.

그러면 그 장면이나 생각을 놓치지 않기 위해
계속 속으로 웅얼거립니다.

그러다 보면 나머지 새로운 것이 기억에 자리 잡을 틈이 없습니다.

또 하나는 작품에 어울리는 무언가를 발견하거나
궁금해지는 분을 만나게 되면
마음속으로 그림을 그려봅니다.

그러다 보면 모든 기억이 뒤엉키고 맙니다.

그래서 요즘은 건네주시는 명함에 얼굴을 그려두거나
폴라로이드 사진을 찍어두기도 합니다.

저와 뵙는 분들은 제가 기억을 잊어도

그때 저런 일들이 있었구나를 떠올려 주신다면
기억을 잊지 않기 위해 노력하겠습니다.

지휘봉

스탭들과 모니터를 보고 논의할 때
정확하게 가리키기 위해 사용하는 포인트 빔이 왠지 기분이 나쁠 것 같아서
강상구 음악감독님이 오랜 기간 사용하시던 지휘봉을 선물 받아 사용하고 있다.
그림을 음악처럼 지휘하는 느낌이 들어 좋다.

행복을 느끼는 순간

함께 만든 사람들이
"이 작품에 참여할 수 있어서 행복했습니다."
라는 말을 해올 때

만드는 과정의 태도 덕분에
완성 후의 관계를 되새기게 된다.

뒷모습은 표정을 알 수 없기에
여러 표정을 담고 있다.
그래서인지 나는
뒷모습이 괜찮았으면 한다.

사람들 속에서

지금은 내가 살게요

'훗날 내가 벌이도 없이 늙은 촌부로 살면서도……
자존심만 강해 "일이 있어서……"라며 자리를 피하거든
그대 젊은 날 허기진 삶에 술 한 잔 부딪혀 보낸 일 기억해 내어

나를 강제로 잡아끌어
한 잔 부탁드릴게요.

그때 나이 앞에 어쩔 수 없이 구부러진 노인의 모습은
조금만 뒷말하시고 그대 삶을 진심으로 듣고자 애썼던
'술자리'를 더 기억해주세요.'

스탭들, 젊은이들, 이런저런 인연으로 만나온 분들이
왜 자꾸 감독님만 계산하냐고 해서 적어둔 글이다.

지금은 내 술 한 잔 받으시고
나중에 술 한끼 사주는 것 잊지 말아요.
나와 만난 모든 젊은 분들.

누구든 '나의 능력과 진심을 다하면'
이라고 생각했다.

그러나 나의 노력이 중요한 것이 아니라
'누가' 오는지가 중요하다는 것을

이제 깨달았다.

지금 스탭들 덕분에.

스탭들도 관객들도 손님들도
내 얼굴을 그려주신다.
그리기에 만만한 얼굴이라 좋다.

스탭과 찍는 첫 사진

'기록이 역사가 되는 과정.'

새로 작업하게 되는 스탭과 사진을 찍으며
스탭과의 처음을 시작한다.

예쁜 사진을 남기려는 게 아니라
그 청춘의 시작을 남겨주려는 것이다.

역사가 된다는 사실에 가슴 뛰어하는 스탭이
역사에 남기를 바라며.

생각하고 말하기

생각을 해주어서 좋고
그 생각을 나에게 말해주어서 좋다.

재능

'재능을 가지고 있는 것도 중요하지만
그 재능을 발견해주는 누군가를 만나는 것은
더 중요한 일이다.'

어떤 뛰어난 재능은 누구나 쉽게 눈에 띄고
본인들도 그것을 잘 알고 있다.

몇 겹에 싸여져 있어 아무도 재능인지도 모르는
그런 재능을 발견하는 게 좋다.

듣기 좋은 소리

듣기 좋은 소리는 기분만 좋으라고 하는 것 같아 싫고
듣기 싫은 소리는 싫어서 싫다.

스승의 날 스탭들의 선물.
지금 스탭들이 성공에 이르는 것이
내 노력의 이유.

명판

'새로운 스탭이 오면 붓으로 이름을 적어 책상에 놓아준다.'

누군가가 나의 시작을 제대로 기억해주지 않았기에
나는 스탭들과 새로 시작한다는 마음의 준비를 하며
이름을 적어주고 있다.

우여곡절 끝에
혹은 행운처럼
만나게 되어 반갑다.

나에게 와준 당신의 인생이
함께하는 작품 속에 녹아있기를 바라는 마음으로

시작하는 날
이름 석 자를 적어준다.

나의 첫 번째 스탬프.
지금도 함께 하는 스탬프.

언제부터 함께 했는지 기억이 나지 않아
나의 시작일과 일자를 맞추었다.

어디쯤 가고 있을까

택시 안에서 오래된 노래가 흐른다.
'어디쯤 가고 있을까'라는 가사가 들어있는 노래이다.

기사님이 갑자기 말을 건넨다.

"나는 이상하게 이 노래를 들으면 몸에 힘이 빠져."

이럴 때 적당한 대답이 없다.

"왜요?"

덤덤한 어투로 말끝을 흐렸다.

"그냥…… 나는 지금 어디 쯤일까…… 해서요."

누구에게나 오늘이라는 날이 다가온다.
그것이 죽음이든 어떤 일의 결과든 반드시 다가올 시간이다.

그 날을 맞이하기 전

오늘이 어디쯤인지 알았다면 더 애써 볼걸

혹은 그냥 돌아설 걸 하는 결정을 할 수 있지 않았을까 한다.

정말 오늘이 어디쯤일지 궁금하다.

나의 가장 오래된 스탭,
장승룡씨가 그려준 나.

사
람
들
속
에
서

발버둥

알차게 보내려고 발버둥 쳤는데
그것이 진짜 나를 위한 것이었을까요.

_ ㅈㅅㅇ과의 대화

잘하고 싶다는 마음

잘하고 싶다는 마음이 앞서서
즐거워! 라는 느낌이 안 들어요.

_ 어느 날의 대화

감독님은 감독님에게

감독님은 감독님에게
털어 놓는 군요.

_ ㄱㅈㄴ씨

지금은 안 모아도 돼요

어차피 나중에 많이 벌 거니까
지금은 안 모아도 돼요.

_스탭 ㅂㅈㅅ

젊은 시절 경제적인 불안감으로
눈앞의 불을 끄기 위한 일이
지금의 일이 된 나에게는
근사하게 들린 당당함.

함께 만들어 가는 작품

일을 시킨다는 느낌이 아니라
작품을 함께 만들어 간다라는
생각이 들게 해요.

_스탭 ㅂ

결심이 서면

휴학을 하고 잠시 아르바이트를 하던 스탭에게
"왜 그림 쪽으로도 할 수 있다고 말하지 않았어요."
물었다.

그러자, 그 스탭이
"부끄러워서 어떻게 보여드릴 생각도 못 했어요.
결심이 서는 대로 보여드리겠습니다."
라고 대답했다.
"결심"이 설 때까지 라는 말이 그 어떤 기대 보다 설렌다.

_ 걷고 있는 이전 스탭 ㅈㅅㅎ

그림보다 부담이 없어서

그림보다 부담이 없어서 하는 거예요.
그림은 뭔가 대단한 걸 해야 한다는 부담감이.

_"ㅂ"생각을 적다 -

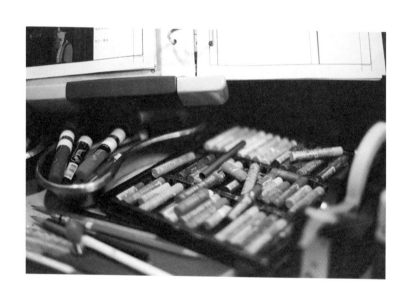

오일 파스텔

오일 파스텔은 내 손때가 묻는 문구가 아니라
문구의 때가 내 손에 남는다.

부탁의 거절

어릴 때는 거짓말로 부탁을 거절했는데
지금은 똑바로 말하고 싶다.

_ 스탭 ㅈㅅㄱ 대화

위로가 되는 글

새로운 것을 알았다.
그냥 쓰는 글은 위로가 된다는 것을.

벨기에 기자님의 응원의 글

한국에서 지금과 같은 극장용을 하는 것이 힘들다는 것을 알지만
멈추지 않고 해 나아가 주셨으면 합니다.

_ 벨기에 영화 기자 세드릭 루스(Cedryc Ruth)

왜 실력을 키운 걸까요

왜 실력을 키운 걸까요.
도대체 무엇을 위해…….

_ 누군가의 생각을 적다

인격을 사랑하자

상대가 여성이라서, 남성이라서 사랑하는 것이 아니라
인격을 사랑하는 것이다.

_ 스탭 "ㄱ"

지금 우리 스탭들

'더 배울게요'라는 말을 안 쓰고
'더 해볼게요'라는 말을 쓰기 시작한
지금 스탭들의 태도가 좋다.

최선을 다하고 있구나

'모든 이들이 수줍게든 당당하게든 간절하게든 허영이든 자랑이든
최선을 다하고 있구나.'
스튜디오와 연결된 SNS를 하시는 분들의 글을 만날 때.

앞으로의 소원

앞으로 소원 중 하나는
나와 다른 직업을 가지고 20여 년 이상 해오신 분들과
그분들의 터전에서 한잔하며
직업의 사연을 들어보는 것이다.

내가 좋아하는 것들 중에

내가 좋아하는 것들 중에
말하지 못하는 것이 있어.

이화동 낙산 공원 앞 풍경.
〈소중한 낮의 꿈〉 때문에 인연이 되어
작업실을 근처에 두었다.
집집마다 문 앞에 놓여 있었던 키다란 화분들.

남대문 운동장에 풍물시장이 있었을 때 찍으러 간 답사.
〈소중한 날의 꿈〉 소품을 위해 참 많이도 갔다.

우문현답

작업실을 떠나지 않으면서
세상의 소식을 듣기 위해
TV를 켜둘 때가 있다.

작업이 막히던 어느 날,
오랜 세월 동안 한 가지 일을 해오신 할머니에게
진행자가 힘들지 않느냐고 물었다.

"힘이 드니까 힘을 내야지."

아무렇지 않게 대답한 할머니 말에 웃음이 나왔지만
계시를 받은 것 같았다.

진심으로 한 이야기

진심으로 이야기 한 것이지
설득하려고 한 말이 아니다.

사랑이 부럽다

인생에서 제일 큰 고민이 사랑인 게……
제일 부럽다.

_스탭 "ㅎ"과의 대화 기록

술자리는 가급적 둘이나 넷 이하로 하는 편이다.
온전하게 대화가 들리는 사람들과 마주 앉아야 마음이 들린다.

스튜디오의 영정사진

손님들을 기억하고
내가 일하는 곳에 와주신 고마움을 기억하고
시간이 지나 혹시라도 나의 기억력에 문제가 생길 때
더듬더듬 찾아낼 수 있는 기록으로 남겨두는 사진들.

작품을 할 때 필요한 캐릭터들을
함께 사진 찍어 주신 분들에게서 찾는다.
한 분 한 분을 다시 들여다보며 그린다.

그래서 내 작품 안에는
작업실에 와주신 손님이 등장한다.

나중에 작품을 보실 때 반가워 해주셨으면.

그 얼굴을 그릴 때 나와 스탭들이 보낸 정성으로
좋은 일이 많았으면 한다.

나보다 훨씬 더 깊이를 지닌 사람이

나보다 훨씬 더 깊이를 지닌 사람이
나와 이야기 하는 것을 즐거워 하는 것이 좋다.

청춘

"제가 가는 길을 좀 헤매서……
지금은 제대로 가고 있어요."

한참 동안 연락이 없었던 이전 스탭이자, 한 청년이
오랜만에 인사와 함께 보내온 글.

나는 헤매고 있는 중인지
제대로 가고 있는 중인지

저 말로 걷는 걸음을 생각하게 되었다.

멀리 보다

다들 멀리 보라고 충고해서 멀리 보았는데
너무 멀리만 보았더니 완전 꼬였어요.

_ 우문현답 ㅇㅂㄱ

스튜디오 앞의 맥주집이다.
인사를 나누고
가끔씩 스탭들과 들렀던 가게였지만,
코로나 이후에 문을 닫았다.

마감이 고됐어요

"마감이 고됐어요."

동료 애니메이션 감독과 이야기를 나누다 나온 말이다.
애니메이션은 참 힘이 든다.
한 작품이 끝나고 나면
화도 나고 기쁘고 서운하다.
그 수많은 마음의 아우성을 표현하는 이 말이
참 예쁘고 뭉클했다.

알았어요

크게 되지 못할 것이라는 건 알았어요.
하지만 좋으니까 했어요.

_ 어느 배우님의 과정

나를 기억해 주는 분

나를 사진으로 그림으로 글로 간직해 주는 분.

_ ㄱ 지인

스튜디오 동네 가게

스튜디오 동네 가게 주인님들은
내가 뭘 좋아하시는지 아신다.

그 슈퍼에서 팔지 않는 것도
챙겨두었다가 주시기도 하고

좋아하는 반찬은 따로 놓아 주시기도 한다.

혼자 밥 먹으니
회사에서 친구 없이 외로운 사람으로 아시고
잘 챙겨들 주신다.

나의 가장 오래된 단골술집.

옆자리 손님의 말조차 다 들리던 작은 공간에서

이제는 왁자지껄 더 많은 이에게 하루의 노고를 풀어주는 넓은 장소가 되었다.

함께 나이 들어가는 주인은 내가 좋아 하는 손님들과 가면 반가이 맞아준다.

지금은 옮기기 전의 자리 옆에 〈소중한 날의 꿈〉 벽화가 그려져 있다.

말을 많이 한 날

말을 많이 하고 집에 돌아온 날이면
내가 잘못 살고 있는 것 같은
기분이 들었다.

어떤 자리에서든
일방적으로 말하는 위치에 있으면 불안하다.

질문하거나 듣는 시간이
말하는 시간과 비슷해야

좋은 만남일 확률이 높다.

발언의 지분이 서로에게 골고루 나뉜 대화에만
머물고 싶었다.

자취방에 대한

"평생 거기서 살게 아니라서요."

〈살아오름〉의 주인공인 '청단'의 설정을 위해
캐릭터가 사는 방의 자문을 구하다가
왜 방에 정성을 들이지 않느냐는 질문에 대한 답변.

_ 계원 예술대학교 조교님의 말을 적다

기뻐요

새로운 것을 알게 되어서 기뻐요.

_ ㅂㅅㅇ의 대화 기록

조각

젊을 때는 조각을 만드는 일에 바빴고
이제 그 조각들이 맞추어져서
나라는 형태를 알게 해주는 것 같아요.

_ ㅈㅅㅇ 대화

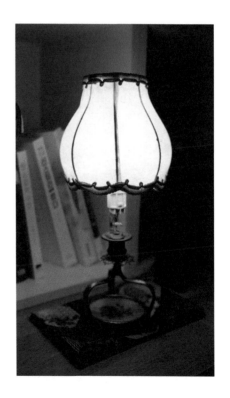

예쁜 스탠드의 불빛들을 좋아한다.
자기 주변만 밝히는 것 같지만
방안의 느낌에 영향을 준다.

가치의 폄하

노력, 열심의 가치가 폄하되기 시작하면서

그것밖에 할 수 없는 사람들에게 상처가 되기도 해요.

_ 청년 ㅎ 과의 대화

우울해져요

삶에 대한 생각을 많이 하면
우울해져요.

_ ㅈㅎㅈ님과의 대화

눈으로 본 도시의 풍경은
멈춘 시간으로 그려둔다.
나와 내 이웃이 살아가는 공간은
애정의 시작이다.

천천히 느리게 사는 삶

빠른 세상살이에 몰려

집단 무의식에 사로잡혀 사는 사람들과 달리

'천천히 느리게 사는 삶'을 작업하시는 모습이 떠올랐습니다.

그래서 거스를 '역'을 사람의 형상으로 조각했습니다.

_ 전각 예술가님께서 전해온 말씀

하나하나 글씨를 새겨
보내주신 선물이다.
우리가 하는 작품의 진심이
그 마음에 닿기를 바란다.
이런 선물을 받을 때마다
너무 과분하여 조금이라도
허투루 보낸 시간이 아깝다.

적적하다

적적하다는 적시다라는 느낌이 들어요.
종이에 물방울이 스며들어 적시다.
구멍이 날 것 같은…….

적적하다는 그렇게 구멍이 뚫리는 것 같아요.

_"ㅇㅂㄱ"님과의 대화기록

젊은 날

젊은 날을 나에게 주었으니
이 정도 시간을 너에게 주는 것은
기쁜 일이다.

_ 새벽에 찾아온 스탭에게

사람들 속에서

시간은 흘러가서

어차피 시간은 흘러가서
뒤돌아 생각하는 순간이 온다.

'지금'이란 그때의 생각을
내가 통제할 수 있는
완벽한 기회의 순간이다.

_스탭 "ㅇ"과의 대화

저도 절 몰라요

제가 할 일이 없을 땐
저도 뭘 하는 지 몰라서요.

_"ㄱㅈㄴ"과의 대화

죽어도 상관없다

죽고 싶은 게 아니에요.
'죽어도 상관없다' 정도…….

어차피 더 나아가지 못할 것 같을 때
그런 생각이 들어요.

_ "ㅈ"님과의 대화기록

표현하기 힘들어요

힘들었을 땐
무엇 때문에 힘들었다고
쉽게 말할 수 있는데

행복했던 때는
무엇 때문에 행복했다고
표현할 수가 없어요.

_ "ㅈ"님과의 대화기록

젊음은 무기

젊은 게 무기지만
지나가는 무기죠.
　　　_"ㄱ"님과의 대화기록

작가 대 작가

나 : 그림은 언제 보여줄래요?
ㅈ : 작가 대 작가로 만날 때 보여드릴게요.

그래도 내 초상화 하나는 받았다.

연인

커피집 젊은 연인들이 서로 앉아 핸드폰을 보고 있고
한 쪽의 노인 연인은 서로 얼굴만 보고 있다.

[연필로 명상하기 안재훈 공생호혜*]

중국 순회 상영당시
중국 관객분들에게 수없이 많은 선물을 받았다.
그 중 하나인 직접 적어주신 붓글씨.

---

* 서로 같이 도우며 발전하다.

한 스탭의 꿈

'꿈'이 무엇이냐는 질문을 받으면
선뜻 대답을 하지 못한다.

어느 날 스튜디오의 한 스탭과 함께 해외 출장 중
비행기 안에서 창 밖에 보이는 구름이 너무 근사하여
닭살 돋는 질문을 하였다.

"앞으로 꿈이 뭐예요?"

그 스탭은 한 치의 망설임도 없이 말했다.
진심이 느껴지는 '선한' 다짐이 느껴졌다.

"연필로 명상하기 박물관을 만들고 싶어요"

이 마음으로 함께 하는 사람들 덕분에
나도 꿈이란 것이 생겼다.

_ 2015년 5월 어느 날

나의 젊은 날, 그리고 지금 젊은 스탭들

젊은 날 알 수 없는 미래가 두렵고 걱정되어
그저 연필을 들고 책상 앞에 있었다.

그렇게 젊음이 지나갔다.

이미 떠나버린 젊은 날이 아쉽기는 하지만
그렇기 때문에 지금 나는 귀한 청춘들의 도움으로 작품을 하고
같은 공간에서 같은 작품을 하고 있다.

고맙다,
나의 젊은 날.

그리고
지금 젊은 스탭들.

젊은 줄 알았는데

젊은 줄 알았는데
따라오시네.

_ 남해 상주 가는 길, 택시 기사님의 말씀

프로듀서들의 자판기 소리

어제 머릿속이 복잡하여
아침에 좀 늦게 왔는데

옆 방에서 들리는 프로듀서들의 자판소리가
나에게 힘내세요!
노래를 부르네.

_ 2016년 5월의 어느 날

왜?

어린 학생들이 나에게 묻는다.

왜?
왜요?

나는 너무도 당연한 답들을 가지고 있었다.
그런데 그 당연한 대답에 아이들의 눈이 빛났다.

나는 다시 한번 나에게 같은 질문을 해보기로 했다.

왜?
왜?
왜?

그 학생들의 눈빛에서 나는 당연함이 아닌
질문을 얻었다.

추도사

'내 추도사를 써주실 분을 정하고자 합니다.'

장례식 같은 것을 원하지 않지만
내가 저지할 방법이 없으니 그대로 두고

그때 내 추도사를 읽어줄 사람을 내가 미리 정하고 싶어요.

이왕이면 내 사후에도 수십 년은 더 살아갈 사람 중에
나와 별 이야기를 다 나눈 누군가 중
한 사람이었으면 합니다.

LP판

질릴 때까지 한 사람의 곡을 끊임없이 듣는다.
좋은 것만 골라듣지 않고 온전하게 전곡을 듣는다.

영향을 주고 영향을 받는 일.
희로애락이 동시에 일어나는 일.

작은 것들의 소중함으로 견디지만
대단한 무언가 만이 후대에 남을 것을 알기에,

나의 소소한 관계와 일들은
더욱 애절하다.

#05

세 상 속 에 서

삶의 목표

직업의 목표와
삶의 목표는 다르다.
_ 직업의 철학에 관한 질문을 고민하다가

흙손이 아닌 겸손

흙을 의미하는 라틴어 후무스(Humus)라는 말이
겸손을 뜻하는 휴밀리티(Humility)와 어원이 같다.

칡차와의 입맞춤

칡차에서는 흙냄새가 난다.
꼭! 땅과 입맞추는 느낌이 들어
너무 좋다.

흙묻은 손

연필을 들고

'연필을 들고 세상을 보면
이전과는 다른 것들이 눈에 보인다.'

사람들도 그런 물건들이 하나씩은 있지 않을까?

작업은 물건과 함께 보는 눈이 성장한다.

예술가

나 혼자만의 노력으로 만든 결과가 아니라
스탭들의 재능과 노력으로 함께 만드는 일이기에

예술가라는 이름이 나에게 오는 것을
온전하게 받아들이기 어렵다.

스탭들과의 작업을 예술적으로 끌어내고 조율하며
행복하게 일하는 '함께 예술가'였으면 한다.

나동이와의 한 때.
나동이를 쓰다듬으면
나를 쓰다듬는 것 같은 위로가 되었다.
아픈 곳이 어디였냐고 그 한마디만 전할 수 있었다면.

사라지는 것이 주는 것

'사라지는 것이 주는 이야기.'

검은색 판이 돌아가야 음악이 나오는 LP판의 시대를 지나
불법 복사인 줄도 모르고 좋아하는 음악을
테이프에 녹음해 듣던 시절을 넘기고
엽서만한 CD가 행여 긁힐까 조심스레 다루던 시절.

인류 음반사의 역사를 함께하는 행운을 누렸다.

주인이라는 분들이 계셨던 동네의 가게가 없어지고
각자의 이름을 가진 영화관이 사라지고

손때 묻어야 반질반질하게 존재하던 물건들이
'추억의 물건'이라 불리며 박제되어 버리는
발전같은 '경험'이 끊긴다는 것.

어떤 결과를 남길까.

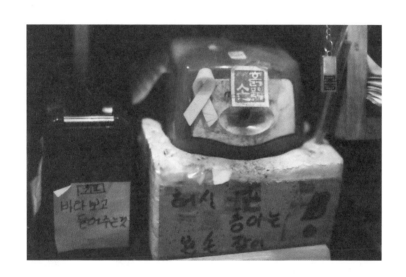

문구와 달리 장비에 가까운 연필깎이.
세월호 아이들을 기억하는 마음을 어디에 둘까 하다가
내가 하루에도 몇 십 몇 백 번은 바라보는 곳에 두었다.
내가 하는 작품을 볼 수 없는 아이들.
그래도 그 아이들이 봐주었으면 하는 마음과 함께 기억한다.

샴푸 활용

해외 일정이 생기면 평소 사용하는
샴푸, 비누, 치약을 담아간다.

호텔에서 아침에 일어나
그날의 일정을 소화할 때면
가지고 온 샴푸, 비누, 치약을 사용한다.
평상시와 다름없는 상태를 유지하여
집중하기 위함이다.

저녁에는 호텔의 샴푸, 비누, 치약을 이용한다.
조금이라도 여행 온 기분을 느끼기 위해서다.

다시 한국에 와서 가끔 환기가 필요할 때
이전에 호텔에서 남겨 가지고 온
샴푸, 비누, 치약을 사용한다.
그러면 잠시나마 새로운 곳에 있었던
그날의 생소함이 떠오르며 일상에 도움을 준다.

나를 마주 대하는 순간

'내가 나를 마주치는 때가 있다.'

어떤 거리에서
어떤 장소에서
어떤 음악과 소품에서 지나온 나와 마주한다.

항체가 생성되듯
딴생각을 하고 지금에 집중한다.
아직은 지난 날의 나를 추억하는 게 싫다.

조끼를 입는 이유

'김광석 가수님의 목소리같은 이야기를 연필로 낼 수 있을까.'

잘 기억나진 않지만 아마 1995년 겨울일 것이다.
매일매일 작업실에서 그림만 그리다 보니
계절이 가고 시절이 변하는 것도 모르며 공부 같은 일을 할 때였다.

그런 모습이 불쌍했는지 그날 후배는 외출을 강행시켰다.

사람 많은 곳이 어색해서(물론 그때는 이룬 것 없는 청춘이라는 자괴감이었겠지만)
귀찮은 표정으로 끌려가면서도
막상 자리에 앉게 되니 기분이 묘했다.

관객들은 웅성거리며 누군갈 기다리고 있었다.
곧이어 등장한…… 아주 작은 키를 가진 가수가 무대로 걸어왔다.
기타 하나를 안듯이 메고 온 그를 보고 있자니
갑자기 연필을 쥔 손이 생각나
작업실로 돌아가고 싶은 마음도 들었다.

공연이 시작되고
그 큰 홀에 기타 하나만을 든 가수의 목소리가 가득 울려 퍼졌다.

그 순간,
미치도록 애니메이션을 잘 하고 싶어졌다.

그 가수가 바로 故 김광석이다.
김광석 가수는 그 날 조끼 하나를 걸치고 있었다.

어린 마음에 그것이라도 하나 걸치면
저 가수의 목소리 같은 힘을 연필로 낼 수 있지 않을까.
하는 생각이 들었다.

그 뒤로 조끼를 입는다.

김광석 가수님의 첫 무대 다큐멘터리를 보았다.
단정하게 입은 점퍼와 반듯한 자세, 그리고 목소리의 힘으로
평범함은 위대함이 되었다.
애니메이션 본래의 힘으로 그곳에 도달 하고 싶다는 마음을 담아
책상 앞에 두고 본다.

사라지는 풍경

'매일 매일 시대와 이별을 한다.'
골목을 돌아서면 눈앞에 그 건물의 풍경이 나타난다.

하루는 구도를 살폈고
하루는 어떤 이야기가 있을까 궁금해했다.
그러다가 건물을 그림으로 남기는 일을 뒤로 미루게 되었다.

한 달이 되던 어느 날
나는 연필과 종이를 들고 골목으로 향했고
그 건물은 천막으로 가려져 있었다.

[공사 중]

옛 노래 제목 〈웨딩케이크〉 같다.

"마지막 단 한 번만
그대 모습 보게 하여 주오 사랑아"

공간의 사람들

'지금은 모두들 어디로 갔을까.'

사람들로 시끌벅적했을 공간이 있다.
지금은 빈 공간을 마주할 때마다
사람들은 다 어디로 갔을까 하는 생각이 든다.

사람의 흔적만이 남은 공간이 주는
현재의 공기.

눈빛

문득 거울을 보았을 때
내 눈빛이 안 좋은 것을 느낄 때면
얼른 좋은 글을 찾아 읽는다.

응급처치 후에는 원인을 찾아보면서
내 눈빛이 그렇게 느껴지지 않도록 애쓴다.

인생에 단 한 번의 공백이
이 일을 지탱하게 했다.

나머지 앞으로의 인생을 위해
공백이 필요하지 않을까.

칠판에 분필로 메모를 적는 느낌이 좋아 사용하다가
먼지가 많이 나서 선생님의 근무 환경을 이해하게 되었다.
지금은 사용하지 않는 물건.

장래희망

"꿈이 뭐니?"

어릴 적 어떤 서류들에서 장래희망을 적는 빈 칸이 있었다.
될 것 같은 것을 적는 게 아니라 되고 싶은 것을 적는 곳이었다.

"꿈이 뭐니?"라는 질문에 심각하게 고민했다.

요즘은 나에게 장래희망을 묻는 사람도
내가 적어야 하는 어떤 칸에도 장래희망은 없다.

장래에 희망이 없는 것일까?
아니면 지금이 바로 그 장래이기에
물을 필요가 없는 것인가?

장래희망을 나에게 질문한다.

내가 하는 일에 질문한다.

생각이 안 날 때 만지작거리기도 하고 땅 바닥에 튀겨 보기도 한다.
운동을 좋아하면서도 하지를 않는데
땀이 나는 운동을 다시 힘차게 해보았으면 한다.
지금은 작품의 세밀함이 깨어질까 망설이기만 한다.

일기를 태우며

'지난 날을 태우는 날.'

중학교 때부터 일기를 써왔으나
2000년대에 들어오면서 쓰지 않게 되었다.

어느 때부터는 내가 쓰는 일기들이
비밀이 될 수 없다는 것을 알고는
생각나는 몇 마디 단어만 적어
혹시나 기억해 내고 싶을 때 떠오를 단초 정도로만 남겨두게 되었다.

때가 되면 하나하나 되짚어 읽으며 태우려 한다.

작품을 할 때마다 이 일기들은
내가 어디에서 왔는지를 생각하게 하며
사람을 대하는 태도를 만들어 주었다.

그날이 언제일까?
돌아서 나의 지난 날을
태우는 날이……

나이를 잊고 살지 않아요

나이를 잊고 살지 않아요.

내 나이를 확실히 인정하고 살기에
내 남은 날의 태도를 분명하게 해준 것 같아요.

과정

'나는 어떠한 과정에 있는가.'

내가 하는 일과 나의 삶은
최종 종착지에서 어디쯤일까?

훗날 종착지에서 돌아보았을 때
지금은 어디쯤이었을까……

시대가 달라져 있다

시대가 달라져 있다.

기본적인 제작 기간이 걸리는 애니메이션은
정성을 다하고 고민에 고민을 거듭하다 보면
어느새 시대가 달라져 있음을 느낀다.

그 달라진 시대에
우리가 들인 생각과 이미지가
붕 뜨게 되는 경우가 있다.

이 불안감을 안고 만든다.

한 번에 한 사람만

소곤거리는 소리까지 들릴 정도의 거리에 앉아
한 번에 한 사람만
나에게 자기 이야기를 해주는 술자리가 좋다.

녹음실에서의 녹음 연출은 힘들다.
무언가를 요구해야 하는 일이다.
그 한 번으로 끝나버리는 일이기에 단거리를 계속해서 뛰는 것 같다.

세월을 보게 된다

젊었을 때는 목욕탕에 가서
늙고 젊은 사람들의 몸에서
인체 데생만 보였는데

지금은……
살아온 흔적이 눈에 들어온다.

각기 다른 연령대의 삶을 지탱하는 무게들이
고스란히 담긴 세월을 보게 된다.

많은 사람들이 힘을 합하여

많은 사람들이 힘을 합하여 만든 작품은
내 손으로 표를 끊어 보는 것으로
응원하자.

지식을 넘어

지식을 넘어 지혜로워져서

신념에 찬 삶으로

무덤이 그 끝이 아니기를 바랍니다.

건강 관리.
찜질방 시대를 견디어 내는 동네 목욕탕.

혼자여서 듣는다

혼자서 듣는다.

늦은 시간
혼자서 야식을 먹을 때 옆 테이블마다
들리는 소리들.

각자 사는 이야기들.

혼자이기에 이런 이야기에 귀를 기울일 수 있다.

동네 목욕탕에서, 버스에서, 전철에서, 거리의자에서.

나는 혼자여서 그 소리들을 듣는다.

명동 스튜디오의 회의실.

아름답고 근사하게 미팅하기.

세
상
속
에
서

관객이라는 이름.

객석이 있는 공간.

완벽히 혼자인 시간.

독서 만큼 값진 순간.

#06

영화관에서

관객과의 대화

'관객과의 대화는 힘이 든다.
이미 끝난 작품에 말을 보태는 것이 변명 같아서 싫었다.'

지금은 같은 공간에 함께 하는 순간들이
매번 커다란 고마움으로 남는다.
그래서 늘 최선을 다한다.

첫 번째 관객과의 대화는
부산국제영화제에서 〈히치콕의 어떤 하루〉로
관객을 만났을 때였다.

나는 애니메이션을 만드는 사람이지
말을 하는 사람은 아니었기에,

그동안 말을 해야 하는 자리에서
특별히 떨거나 긴장하지는 않아왔었다.

그날 역시 평소처럼 말문을 열었다가
순간 그 자리가 이상하다고 느껴졌다.

작품을 만들고 내어 보인 뒤에도
설명을 할 수 있다니.

그때 나는 관객과 함께하고 있는 자리에서
영화가 다시 만들어지는 것을 느꼈다.

그 뒤로 관객과의 대화에 대한 태도가 바뀌었다.

최선을 다해 만든 후에
최선을 다해 듣고 말하려 한다.

애니메이션을 해서 그린지
그림으로 그려진 내가 많다.

만들고 나면

'극장 안에서 관객과 함께 앉아있어도 부끄럽지 않은.'

극장 안에서 관객과 있으면
내가 알고도 놓친 장면을 만나거나
모르고 지나간 그림이 있을 때마다
불편하고 부끄러워
안절부절이다.

애쓰는 이유는
객석에 앉았을 때 그런 기분이 안 드는
작품을 만들기 위해서다.

깊이 있게 보아주시는 관객분들에게
들키지 않는 것이 아니라
들킬 일이 없는 작품을 생각한다.

세상 속에서

관객의 얼굴을 그려주는 이유

프랑스 안시국제애니메이션영화제에서
〈소중한 날의 꿈〉이 처음 상영되던 날.

사인을 받겠다고 길게 늘어선 줄을 보고
이름 하나를 적어드리긴 뭐해서
관객분의 얼굴을 그려드리고 한글로 이름을 적어 드렸는데,
받아보시고 너무들 좋아하셨다.

그때부터 내 이름이 들어간 사인 대신
관객분들의 얼굴을 그려드리며
눈을 맞추고 사연을 듣다보니,

영화보다 더 영화 같은 사연들이 쌓이기 시작했다.

그렇게 만난 수많은 관객들의 얼굴이 데생공부가 되고
이미지가 되어 작품 안에 들어오고 있다.

안시국제애니메이션 영화제에서 <소중한 날의 꿈> 상영 직후의 모습이다.
첫 상영에 보러왔던 한 프랑스 여고생이 다음 날 친구와 함께 다시 보러와서,
"이랑이(《소중한 날의 꿈》 주인공) 마음이 내 마음 같아요." 라고
건네준 진심어린 말이 기억에 남는다.

방황했던 이유

내가 방황한 것은
가족 때문이 아니라
꿈이 없었기 때문이에요.
고봉중학교 〈소중한 날의 꿈〉 상영, 관객과의 대화 기록.

내가 볼 수 없는
나의 뒷모습.

외모가 아니라
태도가 보여서 좋다.

관객분들과 찍은 사진이 많다.
많아도 너무 많다. 너무 많아서 너무 고맙다.
모두들 다시 만나, 사진을 찍은 날 이후에 살아온 이야기를 들었으면.

관객

내가 지금 나로 살 수 있는 단어,
'관객'.

각자 극장에서 관객으로 만났지만

한 분 한 분과 인사를 나누고 작업공간에
초대할 수 있는 손님으로 만나기를 희망한다.

영화사에 남을 특별함은 내 손을 떠난 일이니
개인사에 남을 특별함은 내 정성으로 맞이하고자 한다.

후회할 거예요

오늘 안 온 애들은
후회할 거예요.

　　　_ 대곡초등학교 학생이 인사하며 건넨 말

영정

영정으로 써야겠어요.

_ 얼굴을 그려드리자
할머니 관객께서 해주신 말씀

다행이에요

죽어가면서 이 영화를 보게 되어
다행이에요.
고마워요.

_ 2018년 11월 7일 서초구립반포도서관,
할머니 관객분의 말씀

나의 자랑은 전 세계에서 관객의 얼굴을
가장 많이 그려준 감독이라는 것이다.

일본 상영회

안재훈 감독님.
당신은 당신 나라의 이야기를 하고자 하지만
그것은 굉장히 전세계적인 것이 될 것입니다.

_ 니혼대학교 요코타 마사오 교수님

주한 샌프란시스코 상영회

다른 나라의 역사를 존중하되
한국 애니메이션이 가는 길을 철학적이고 논리적으로 설명하는
안재훈 감독과의 대화시간은 작품만큼 훌륭한 시간이었다.

_ 주한 샌프란시스코 총영사관 박준용님

누군가는 내 작품을 보고

지금도 대한민국 어딘가에서
그리고 전 세계의 누군가는
내가 만든 작품을 보고
내가 쓴 글을 읽는 분이 계신다.

한 사람과 생각으로 만나는 기적같은 일이
매 순간 일어나고 있다.

누군가가 내 작품과 글을 만나게 되었을 때
이 작품을 만든 사람은 '지금도 그리고 있겠구나'하며

하는 일은 서로 달라도
함께 가는 느낌을 받으셨으면 한다.

〈소중한 날의 꿈〉이 상영 된
Planet +1라는 일본 오사카 독립영화 상영관이다.

열심이라는 특별함

관객분들은 어쩌면
평범한 사람의 열심 보다
특별한 재능을 가진 이의 구현을 보고 싶어 한다.

부디 나의 '열심'이
특별한 재능이기를…….

〈소중한 날의 꿈〉 안시국제애니메이션영화제 상영 인터뷰.
즐기지도 못하고 관객이 어떻게 볼까 걱정만 했다.

남이 그려준 내 얼굴.
내 얼굴은 못생겨서 그리기가 쉽다.
눈이 너무 예뻐서 그린다고 하더니
눈을 안 그려 주었다.

어느 날부터 일기를 쓰지 않는다.

앉아서 차분히 적을 생각보다
일로서 적어야 하는 글이 많아졌기 때문이다.

만나서 하는 대화가 줄었지만
온라인을 통해 국내는 물론
세계에 있는 사람들과 이야기를 하고
글을 적는다.

글은 누군가를 향한다.

일기가 나에게서 시작한다면

그 사람들에게서 시작한 글은
나를 거쳐 다시 그들에게 간다.

#07

누군가에게

책임져요

책임져요.

여러분들 때문에 목표가 생기고
꿈을 꾸게 되었잖아요.

_지금 스탭들과의 대화

사랑받을 길

나는 지금 누군가에게 이야기할 수 있는 일을 하고 있어요.
어떤 이들에게는 꿈으로만 남을 일이에요.
그 일을 소홀히 하지 말아요.
제대로 사랑받을 길을 택하세요.

·

스튜디오 오시는 손님들께 먹고 없어지는 음료 대신
사시던 곳에서 가지고 온 돌맹이 하나를 부탁드린다.
누군가에게 돌을 던지는 것은 저리 가라는 뜻이지만
살며시 돌을 놓아 주는 것은
'흔들리지 마세요'라는 마음과 변함없이 응원한다는 기원이다.

ㅈㅁㅈ스탭과 배경의 역사

나는 나이가 있어서
좋고 나쁨의 기준이 굳어져 버렸어요.

○○씨는 지금 나이에 맞는 시선이 있어요.

그런데 관객은
○○씨와 같은 나이 또래예요.

그러니 내가 좋아하는 색과
내가 역사와 함께 알고 있는
건축과 거리에 대한 의견은
특별함대로 참고해 주시고

○○씨는 ○○씨대로
지금 그대로 보이는 시선 자체를
잘 연구해주면 좋을 듯해요.

　　　　　_ 스탭과의 대화를 나중에 다시 건네받아 기억하다

관객분들이 편안히 들어오실수 있는
스튜디오의 오픈 전시 공간.

스텝들과 내가 만드는 과정을 공개한다.
우리 스튜디오는 한국애니메이션에서 수많은 처음을 만들어 낸다.
누군가가 엄청나게 알아주는 역사는 아니지만
우리가 이루어 가는 것은 존재 했던 것이 분명하니
언젠가는 도달할 것이다.

누군가에게

역사를 만들어가다

역사가 된 것만을 보는 것이 아니라
역사가 되는 것을 경험하기를…….

고맙습니다

나에게 사랑을 나누어주고
인생을 들려주신 분들
고맙습니다.

한 장 한 장마다 손때를 묻히는 것으로
보답하고 있습니다.

고맙습니다 2

관객이 되어주셔서 고맙습니다.
손님으로 와주셔서 반갑습니다.

관객과의 대화에 온 관객의 얼굴을 그려주고 있다.

그림결

한 나라의 애니메이션 역사는
그 나라에 있는 스튜디오들의 그림'결'을
관객이 인지하면서 생기는 것인데

여러분은 그 뿌리와 근원지를 분석해서
장점을 살리고 단점을 보완하고자 하는
뭉클한 태도를 가지고 있습니다.

새로운 것에 대한 탐구심을 가지고
내 것만 고집하는 것이 아니라
이전 작화가 만들어 온 것에 더하여 쌓아가려는
분명한 의도를 가진 성장이 부럽기도 합니다.

지금은 아니지만
훗날 누군가 글과 말로
완전히 다른 결을 만들기 위해 노고를 아끼지 않았던
여러분의 가치를 기록할 것입니다.

✦ 운명이고 애틋하다

앞으로 많은 일들과 다양한 사람들을 만나갈 당신에게는
이 일이 대단하지 않을 수도 있겠지만

지금 나에게 오는 한 가지 한 가지 일들과
한 명 한 명의 사람은
모두 운명이고 애틋합니다.

_2017년 7월 어느 날
시작하는 젊은 그대에게

호주에서 온 선물.

이것을 보내준 부부의 마음을 안다.

그들의 행복은 나의 '열심'이 된다.

유치해지자

내가 스탭 여러분께
편지를 쓰게 하고 시를 사랑하게 하는 이유가 있다.

그동안 나를 거쳐 간 이들 중에 그림만 배운 이는
잘난 그림 외에 아무 이야기를 하지 못한다는 것이다.

그러나 감성을 배운 이는
작지만 세상과 소통하고
주변에 귀를 기울인다는 것이다.

우리 좀 더 정성을 들여
유치해지자.

타인에 대한 관심

내가 하는 일만이 아닌
다른 이가 하는 일에 깊은 관심을.

만나게 될 모든 처음

이제부터 만나게 될 모든 처음들을 기억하세요.
그것을 기억하고자 하는 마음이
엄청난 것을 가져다 줄 것이에요.

＿2017년 어느 날, 졸업하는 한 스탭에게

피맛골 간판 없는 주막의 공간.

3D가 없던 시절 디즈니에서 나오는 작품을 보면

꼭 여기에 와서 부러움과 질투로 의지를 세우며 막걸리와 함께 했다.

3D로 제작이 바뀐 뒤로는 이 집도 사라지고

연필과 종이를 가지고 만들어 내던 애니메이터들의 거루기도

끝이 난 느낌이다.

나동아

나동아,
너와 얼마 남지 않았구나.

네 사진 찍는 거 좋아했는데
이제는 싫어.

그 사진 나만 가져서 무엇 하게.

그냥 이리 서로 눈 마주보고
더 많이 같이 있자.

강아지를 좋아하지 않던 내가 강아지와 함께 산다.
모두 특별한 사연이 있는, 한때 유기견이었던 강아지들이다.
일어 날 수 없는 일에 '만약에…' 라는 말로
혼자 감상에 젖는 것이 싫다. 그래도 나중에 마중은 꼭 나오렴.

상처를 입은 강아지와 함께 사는 일.
그 온도가 나에게 주는 것.

누군가에게

가끔씩 묘비명을 생각해 봅니다.

마지막으로 남기는 그 글은
나를 위한 것일까요?
남에게 하는 말일까요?

책상 한 켠에 칠판을 두고
생각날 때 마다 바꿔 적어두고 있습니다.

잘 살기 위해서입니다.

내일도 쳇바퀴를 돌릴 수 있도록 힘을 더해준 모든 분들께
책의 마지막 장에서 감사 인사를 전합니다.

관객이 되어 주셔서 고맙습니다.
손님으로 와주셔서 반갑습니다.
독자로 만나게 된 모든 분들께도
인사드립니다.

일방적으로 제 이야기를 들어주셔서 고맙습니다.

한 번은 사시는 이야기 들려 주시러
손님으로 와주세요.

온전히 듣고 작품으로 답하겠습니다.

2022년 8월 30일

홀로 견디는 이들과
책상 산책

1판 1쇄 발행   2022년 9월 26일

지은이   안재훈
펴낸이   조민호
편집   조민호, 서해인
디자인   김규림
기획/마케팅   한승훈, 서해인, 조민호

펴낸 곳   윌링북스
출판등록   제2019-000073호
주소   주소 경기 고양시 덕양구 지축동 198 윌링북스
전화   02-381-8442
팩스   02-6455-9425
이메일   willingbooks@naver.com
인스타그램   @editory_official

© 안재훈 2022

ISBN   979-11-967006-8-3 (03180)